U0115285

# 萬卷高樓平地起

## ——我們在出版社實習的日子

梁錦興、彭秀惠　策畫

游依玲　主編／王冠懿、陳珮筑　編輯

# 目次

# 梁序

梁錦興
萬卷樓圖書股份有限公司總經理

　　二〇一四年度的實習活動心得，在兩位編輯同學的努力下，已經進入尾聲，這兩位編輯同學請我替這本心得寫一篇序文。回想起這兩位編輯同學為了這本書在公司出出入入的認真模樣，不禁覺得這就是萬卷樓的精神呀。

　　萬卷樓圖書公司籌劃的實習課程舉辦至今已是第四屆；由第一屆不到十人，到現在的逼近五十人，是我始料未及的事。

萬卷樓因為業務項目關係，本來就跟許多學校老師有密切的互動。早先是由老師單獨推薦學生來公司實習觀摩，而公司也單純的提供一個機會讓學生學習。但沒想到現在已成為具有規模、口碑的研習營。這幾年下來，我們提供學生預先體會出版產業的運作，隨著學生來來去去，看著他們滿載而歸的表情，著實感到欣慰。

今年，這個實習活動，即將邁入第五年。我一直在心裡醞釀著一個計畫：有朝一日我們可以擴大舉辦變成一個兩岸規模的實習交流。透過這樣的規劃，讓臺灣學生到對岸了解中國大陸的出版產業如何運作，這樣對於學生的國際觀也許會更有幫助，畢竟只將視野侷限於臺灣是不夠的。

萬卷樓一直以來對學術交流的支持，始終不遺餘力。除了每年一度的章法學研討會，還參與許多學術研討會。

二〇一五年是萬卷樓的起飛年，公司年初在臺北市立大學舉辦「《福建師範大學文學院百年學術論叢》新書發表會暨贈書儀式」，當天與會學者，皆是學術圈中頗有聲望的學者，活動舉辦非常成功。我認為這是公司與學術圈密切往來所帶來的成果。這樣的成果，可以做為替學生安排與對岸合作交流的基礎。

　　以往實習課程是由公司安排講師來跟同學上課，未來我們將邀請對岸出版社或是學術圈中有相關經驗的高階主管、學者，來跟學生做分享交流；或者進一步安排學生到大陸的出版集團學習。讓學生們的眼界和視野不限於臺灣的出版社。

　　當然，這樣的想法並不是一蹴可幾。但我相信學生們的熱情響應，與在公司的學習成果，這樣的機會不是不可能。

今年的實習心得專書即將出版，是一件值得慶賀的事。期盼本書能夠為這些學生們的努力做了一個完整的紀錄，也為萬卷樓的努力和發展做一紀錄。

梁錦興

2015 年 2 月 11 日

# 彭序

彭秀惠

萬卷樓圖書股份有限公司行政副總

萬卷樓的暑期實習已進入第四年了～～本次協同參與的學校有臺師大、臺北市大、東吳、輔仁、清華、嘉大、高師大等七所，進行專業課程時，各校同學齊聚一堂，現場宛如參加夏令營般的充滿青春蒸騰氣息。

彷彿時序回到七、八月溽暑，一位位有著青澀臉龐的實習生進入萬卷樓，依安排輪流至各部門實習：在進出口部搬書作書籍整理，了解進出口的程序；在編輯部歷練文字洗禮；在沒有冷氣的倉儲部揮汗點書，體會「汗牛充棟」原來是這般場景。

在這些看似重覆單調的過程中，同學除了感受出版社運作的旋律之外，也可一併思考畢業後的職涯規劃。

感謝吳瑾瑋教授、劉純妤助教、張曉生主任、李明主任、連文萍教授、劉涵銓助理在過程中協助行政工作，並不時關懷學生實習情形，給予寶貴的意見。我們不斷精益求精，今年更擬於福州舉辦「書香萬卷　緣逢榕城：第一屆兩岸學生文化考察交流研習營」，相信是另一個里程碑的開展。

欣聞《萬卷高樓平地起——我們在出版社實習的日子》出版在即，個人忝為實習活動的督導人員，在此感謝依玲、珮筑、冠懿編輯的認真及辛勞，忠實呈現實習同學的成果。是為序。

彭秀惠

2015 年 2 月 8 日

# 張序

張晏瑞

萬卷樓圖書股份有限公司副總編輯・業務副總

　　二〇一四年度的實習心得，在同仁的協助下，由實習學生運用實習期間所學，自行編輯，已經進入最後的校稿階段。看著同學所擬的邀稿函，實習過程中的嚴格訓練，似乎初見成效。

　　編輯部承接實習工作至今，已經邁入第四年。前兩年由我落實總經理的決策，執行主導，從草創到上軌道。後兩年，再由其他同仁接手辦理。當時舉辦這活動的初衷，是要培養編輯部所需要的人員。後來編輯部的編制

滿額後，轉而媒介同學，進入出版產業就業。由於學生在實習過程中，了解到整個出版產業的工作概況，不論是從編輯到營銷，都有基本的概念和認知。等於是提早讓同學進入出版社工作，具備基本的工作經驗。大部分的人對出版社工作的認知都是「校稿」、「排版」等基礎性工作。卻不清楚「編輯」除了單純的校稿外還有很多事情要做。而透過這個實習，能讓學生了解整個出版產業的結構，以及各項業務工作。

《萬卷高樓平地起──我們在出版社實習的日子》是萬卷樓第二本實習心得專書。把心得集結成專書，並非每屆實習的慣例。第一屆的實習生因為人數較少，所以當初只在《國文天地》以「特輯」的形式刊登。「特輯」刊出後，收到了許多迴響，也受到各學校系所的注意。

第二屆實習成果，出版了《菜鳥先飛──出版社實習新體驗》一書，當時編輯本書的幾位同學，都進入了

出版業界工作。第三屆的實習成果，因實習同學多已畢業，未能成書。

　　這次實習成果能夠再度集結成冊，是一種緣分，也有賴同學們的辛苦編輯，希望各位讀者，能夠對本書的作者和編輯，都給予掌聲和鼓勵。

張晏瑞
序於萬卷樓編輯部
2015 年 2 月 12 日

X萬卷高樓平地起──我們在出版社實習的日子

# 王冠懿

一九九三年出生的臺南人，目前就讀東吳大學英文學系四年級，另修習創意人文學程。熱愛閱讀運動音樂和美食。家中排行老大，從小生長在無拘無束的環境中進而培養出天馬行空的想像力。喜歡在看書時神遊到書中的世界，體驗書中人物的生活，和他們一起分享生活。因為這樣才想進入出版業界工作，一直想進行版權貿易相關的工作，想將外國的有趣書籍引進臺灣，把自己所愛的東西和更多的人分享。深信搖滾樂和文字能夠改變這個世界，最愛的休閒活動是在悠閒的下午迎著陽光邊聽著歌邊看書。

# 陳珮筑

就讀東吳大學日本語文學系,輔修創意人文學程。屏東縣出生,新北市長大。興趣廣泛,好奇心旺盛,很多領域就算無法憑一己之力推開大門,也想透過隱約露出微光的窗戶一探究竟。不論是本科系的日文,或是另外修習的文創學程,走在這兩條路上,總是能得到各式各樣意想不到的藏寶圖;但最後究竟是否可以湊齊拼圖,找到真正能夠通往新世界大門的那把鑰匙,果然還是老話一句修行在個人。如果提到座右銘,第一句想到的一定會是:「人生最大的敵人是自己」。

# 實習趣

陳珮筑

東吳大學日本語文學系

這次的實習對我而言，其實是件很奇妙的事。

原本對於即將迎來的挑戰充滿緊張與不安，卻在實際闖入這個陌生的新世界後，像是突然被誰按下了神奇的開關，即便是看似枯燥無聊的小事，都能在一瞬間變成日後得以津津樂道的趣事。

這究竟是什麼魔法？又是誰施展的呢？

## 你待的是什麼部

那是在我分配到我引頸期盼的編輯部的第二天所發生的事。

就在我還沉浸在實習第一天學會對紅，而得以體驗「抓錯誤當業績」的樂趣之際，突然一道閃電落下：「今天開始，你們要來幫忙圖書加工喔！」

仍處於一頭霧水狀態的實習生們，依然乖乖地湊到宣佈這則消息的負責人旁邊，默默地看著她示範何謂「圖書加工」。事實上，送到圖書館架上的書，都會先經過一些事前處理，而通常圖書館都會請內部的館員或工讀生來幫忙，很少會有這種要求經手商「做全套」的個案。

據說這次委託的單位，原先是「希望」編目公司幫忙，但後來這塊燙手山芋，不知怎地落到了負責調書的出版社手上。之前似乎都是請有空的編輯們一起趕工，

現在則是多了批實習生能一同協助處理這麻煩的「食材」。

　　不過在正式開始加工之前，還有一個非常重要的程序：檢查版權頁。主要是因為這批都是從中國來的簡體書，若是版權頁上特別標註「僅限中國地區販售」之類的話，屆時容易引起法律糾紛。由於調書之際，不太可能跟對方去確認這一部分，所以這部分的損失，通常還是暫且由出版社自行吸收。

　　接下來就是把貼條碼、售價、索書號、護膜、小書袋，以及壓磁條和蓋印章這些步驟分工合作來完成。由於整體分配下來，每項工作皆變得單一簡化的緣故，並沒有想像中的困難。

　　我們編輯部加出口部總共有五位實習生，包括來幫忙檢查版權頁的編輯學姊，六個人圍著一張方桌，正式啟動了我們為期四天的圖書加工生產線。或許也是因為

這樣，我們幾位實習生在短時間內就建立了革命情感。不是為了避免睡著而東扯西聊，就是槍口一致對外地發起牢騷，甚至在遇到必須多做些額外處理的 CD、DVD、小冊子，或是有點難處理的書籍出現的時候，大家明明已經陷入半混亂狀態，此時卻依然閒不下來，你一言我一語地說出更多無關緊要的話。

「如果別人問起你第一個禮拜都在幹嘛的話⋯⋯？」

「貼貼紙。」

「貼貼紙。」

「貼貼紙。」

「恩⋯⋯貼東西？」

「哈哈，哥是蓋章！」

「⋯⋯對方一定不敢接著問我們是被分配到什麼部。」

然後我們就一同陷入沉默。

通常在此時，衝破這堵牆的是學姊的驚呼聲：「這本標題看起來蠻有趣的耶！可惜版權無法⋯⋯。」

「沒辦法了，只好大家傳閱。」

於是我們迅速解決上一本書的加工，開始按照順序傳閱，輪完一圈才把這本「可惜」的書放到別的架子上去。

還對實習處於「熱戀期」的我，天真地以為只要提升效率，盡早解決這四批近千本的圖書加工後，就可以「名符其實」地繼續了解更多跟編輯有關的事務⋯⋯結果終究還是事與願違。由於各種突如其來的小插曲，我們連帶也成了「撕貼紙達人」。

「吹風機和去光水好神奇啊！」

「為什麼真的有人研究過怎麼撕貼紙⋯⋯。」

「我們可以去開班授課了：教你如何完美地撕貼紙。」

「……有人會想報名嗎？」


越是這種時候越要苦中作樂的我們，在終於解決最後一批「山芋」時，還是忍不住如釋重負地不約而同吁出一口長氣。看似漫長實為短暫的「料理教室」，總算是在此刻劃下句點。臨時組成但默契十足、效率頗高的加工團隊，也得就此解散。


「以後再組團一起去應徵吧！」


即便帶著疲憊的神情，大家還是忍不住講起玩笑話來。各自踏上歸途後，只得在此暫時分道揚鑣。回到家中，開好電腦正準備打實習週誌的我，盯著空白的 Word 文件，突然腦袋也跟著一片空白。


奇怪，第一個禮拜，我待的究竟是什麼部？

# 運氣也是「食」力的一種

身為小小的實習生，雖然能學習到各式各樣的東西是一種幸福，但是出其不意地「被餵食」——或者該說「被請客」這種事，對我來說可能才是真正的「小確幸」。

記得我第一次「被餵食」，很幸運地就發生在我第一天實習的時候。當時我為了詢問校稿方面的問題而頻繁地進出辦公室，門口的編輯姊姊總會親切地跟我打招呼，而坐在最裡面的副總不知為何一看到我進去，就會開始變換各式各樣的表情。前者我通常會緊張地點個頭示意，後者則因為完全不曉得該如何回應，只好每次問完問題就趕緊一溜煙地跑走。

某次我一如往常地準備逃走時，門口的編輯姊姊突然叫住我：「妹妹，這盒蛋捲拿去，你們實習生一起分著吃。」受寵若驚的我，瞬間有種這位姊姊是天使的幻覺，但一想到背後的副總又立刻回神，道聲謝謝後便馬上跑

出去跟其他實習生一同分享這份喜悅。

　　不過就「被餵食」的次數來說，不得不提及有機會被「外派」過去的百通。起初，因得知附近沒有什麼地方可以「覓食」，便直接跟著正式職員們一起外訂中午的便當。一邊吃著還算不錯的菜色，一邊又對於「尚未付錢」這件事而感到不安：「該不會是最後一天統一收錢，然後一個便當一百塊吧？」

　　一逮到空檔，便立刻詢問負責指導實習生的 POD 部門的 Vicki 姊，卻得到了這樣的回答：「你們不用付錢啦！你們幫公司做事，請你們吃便當也是應該的啊！」聽到這句話，要不是因為冷氣有點強，我大概馬上會因感動而熱淚盈眶。連續五天的免費便當這件事，對於窮學生來說，衝擊性遠比想像中來得強大。

　　「吶，蔥餅。」第一天默默地查資料的途中，突然

有塊香噴噴熱騰騰的食物出現在眼前，下意識地接過來才發現好像有哪裡不對勁。誠惶誠恐地抬起頭來環顧四周，猛然想起早上似乎有聽到「下午來訂個蔥餅吧」之類的耳語……莫非這是被請客了？由於錯失發問的良機，只好低下頭來，心懷感激地享用美食。

沒想到這只是個小小的開端。接下來的日子裡，時不時就被辦公室的姊姊們塞一些餅乾、糖果、酸梅等等。某次上臺報告被交代的作業之際，恰逢同部門的某位姊姊生日，於是我也跟著分到了一小塊好吃的天使乳酪蛋糕。某位從澳門回來的姊姊，分送食物時也給了我巧克力、口香糖，甚至還有上面灑滿椰子粉的薑汁軟糖這種奇妙的食物。

待在那邊的最後一天，就連平常總笑著說要「電爆學弟妹」的中哥，因為要請自己部門的人喝飲料，實習生們也連帶受惠。不知道是否有受到心理作用的影響，

不過當時我真心覺得：「天啊，我從沒喝過這麼好喝的珍珠奶綠！」

回到萬卷樓以後，編輯姊姊們與地表上最強的校稿大姊，也會時不時「賜予」鹹餅乾、芝麻糖、綠豆糕之類的東西。負責倉儲部的大哥，也有請我們吃過水梨和霜淇淋。而在實習的最後一天，梁先生居然請所有人吃東西和喝飲料！

受寵若驚過度，難免會想站起來對天大喊：「這麼幸福沒問題嗎？」不過，既然能享用美食是種福分，把自身的運氣挪用一些發揮在「食」力之上，似乎也沒什麼不好的。

## 養成「怪」習慣

我最後一個被分配到的部門是倉儲部。除了有一天是跟著大哥四處跑外務，其他時間都待在倉庫裡。再細

分的話，只有某個半天是待在辦公室裡，邊吹冷氣邊替書籍做分類；至於剩下的四天半，全都待在幾乎可以說是沒有電風扇就不行的「熱情的倉庫」，拿著條碼槍盤點佈滿灰塵的大陸書籍。

不管是書籍分類還是盤點，第一個步驟就是必須找到書的 ISBN 條碼在哪裡。如果順利找到且條碼槍可以確實感應得到，對照資料庫中的資訊也沒問題的話，作業流程就得以輕鬆便捷。問題是我們負責的書，由於大部分都年代久遠，ISBN 的位置不一定會固定放在封底，也有可能因為書的材質使得條碼槍感應不到，甚至還會出現根本沒有 ISBN 的狀況。這種時候就得多出好幾道手續，處理這樣的一本書至少得多花出一點五倍的時間。

因此盤點久了，第一個鎖定的目標便是該書的 ISBN；其次，由於有做過書籍分類的工作，也會順便翻開封底裡看這本書的建議分類項目。最後，這兩個動作，不知

不覺地成了一種宛如「強迫症」的習慣。到現在只要一看到書，除了一如既往會看封面、封底、書背、大綱的習慣以外，還多了個注意 ISBN 和分類的奇怪習慣。

再加上副總在實習的最後一天，有替大家上了一堂簡易的 Word 排版課程。自從上完那堂課以後，我開始也會不自覺地觀察起每本書的書眉設計……。

嚴格說來，雖然這不是什麼好習慣，不過應該也不能說是壞習慣。只能說，在經歷了這一連串的實習的「耳濡目染」之下，我養成了某種「怪」習慣吧！

## 說不完的感謝

能讓我在大學的最後一個暑假度過如此精彩的時光，這都要感謝許多人的幫忙。雖然礙於篇幅無法一一列出，但真的十分謝謝我在這趟旅程中遇見的所有人。因為有你們，我才能在不斷地學習過程中，還能同時享有愉快

的氛圍，這都要歸功於你們。

　　感謝這一刻聚集在此的所有人、事、物，因為這股凝聚起來的魔法力量，讓實習這件事，得以讓我的生命中出現截然不同的色彩與旋律。

# 萬卷樓出版社實習心得

王冠懿
東吳大學英文學系

　　我從小因為個性較為內向，特愛閱讀。在書中，我彷彿可以從現實世界跳脫出去，和故事中的主角經歷相同的冒險。隨著年紀漸長，我開始思考著，這些書到底從哪裡來的呢？如果我能夠在大家都還沒看到這些書之前就能搶先讀到的話，那該有多好！於是，進入出版社就成了我年少時期的夢想。很高興在創意人文學程中的實習，能有萬卷樓出版社，讓我踏入出版業界的大門，稍稍一窺業內的狀況。

萬卷樓出版社的主要業務是圖書出版、版權代理、出版國文天地雜誌、簡體字圖書、期刊進口；代理正體字圖書、期刊出口等等。我比較有興趣的部分是關於圖書出版的版權交易部分。所謂的圖書版權交易就是在書出版之後，去和原作者或是代表作者的出版社洽談書本在別的國家或出版社出版的權利。也就是說，經由圖書版權交易，我們才有機會看到外國的書。在進入出版社之前，我往往以為出版社的業務就是印刷書，讀讀稿子然後和外面的出版社洽談書本業務。但是在我進入萬卷樓後，才發現事情不如我的想像。

我的首要工作就是：搬書！還有搬書！雖說如此，但是搬書是整個出版社業務裡面非常重要的一環。要出口或進口的書籍都要先進出版社刷過條碼之後才能建檔，所以把書搬進出版社裡面看似無聊，卻是最基礎的工作。把書搬上書車後就要開始刷 ISBN 碼。ISBN 碼可以說是書的身分證，只要刷過這個條碼就可以知道是哪一本書。

建檔後，這本書就正式進入出版社的資料庫中，只要有人想要購買的話只要輸入書名或是先前提到的 ISBN 碼就可以輕鬆找到。除此之外，我還學會如何將書上下架。由於萬卷樓出版社有部分是門市，所以要常常將書本上下架，提供新的書籍供客人挑選。如何挑選要上下架的書呢？主要是看這本書在架上的時間有沒有超過幾個星期了，或是這本書和出版社出版的主要書籍有無相關。例如萬卷樓出版社主要的出版業務是較為專業的學術書籍，有次我們就將書架上的旅遊類書籍下架，換上較專業的書籍。

除此之外，我也有參與一點推薦購買書籍的部分。有些學校會請出版社推薦書籍方便校內的圖書館購買，他們會發送一張清單過來，清單上面滿滿的都是關鍵字，我們要盡量尋找和這些關鍵字有關的書籍後做成一份清單，再把清單提供給學校。讓學校圖書館決定要不要購買。這份工作看似簡單，其實也十分繁雜，光是要選哪

些和關鍵字有關的書就是一大工程。因為不可能所有書籍上面都直接標明關鍵字,所以在選書的時候也需要快速瀏覽過書籍簡介再決定是否要放入清單,

　　除了這些基礎的工作,我也有參與一點書籍的編輯部分。一本書要出版之前,需要先把稿子寄給編輯,讓編輯首先過目後決定這本書的內容和出版社出版的業務是否有相關。如果有相關的話,就可以開始洽談出版事宜。一本書的稿子通常不可能是由編輯自己全部看完,所以編輯在出版社外還會有與其合作的校稿人和印刷廠以及封面封底設計等等。出版一本書和我以前的想像由編輯自己包山包海完成所有工作真是天差地遠啊!

　　在萬卷樓的期間,我開始了解到出版書籍的流程,從剛開始的校正和統一體例,到後面的排版調整內文等等。雖然說起來很簡單,但實際開始操作之後才覺得:「哇,也太困難了吧!」除了每個人在書寫文字時都有的特殊

習慣導致需要把文字統整成同一個格式之外，還要去注意框線和文字間距等等，每篇文章都要做到十分精準，這樣讀者在看書的時候才不會感到怪異。

　　在萬卷樓實習的這段期間，受到了辦公室的姐姐們和主管們的照顧，對此我非常感謝。以前的我往往非常粗心大意又不拘小節，但在萬卷樓實習的時候卻總是戰戰兢兢，生怕一不小心就發生了什麼錯誤導致公司產生財務上的損失或成為公司工作時的負擔，很感激公司對唯一期中實習生的我有著無盡的包容。開始實習後，我過的生活變得十分忙碌，除了學校的課程之外加上外面的補習以及球隊的練球和翻譯打工，總是被事情追著跑，但是能參與這次實習，親自進入業界看看我所嚮往的未來究竟是怎麼樣，親眼看見自己所規劃的藍圖慢慢成形或是哪裡需要修改，這對我來說就是最大的收穫了。

# 實習總心得報告

羅慧玲
東吳大學英文學系

## 成長與心得

## 編輯部 7/4（五）～ 7/10（四）

### 價值觀 × 聆聽 × 不同的聲音

　　科學家說：「每一秒鐘，有數量龐大的訊息進入人的大腦，但為了避免人因接收到過於繁雜的資訊而當機，只有少數的幾個訊息會進入人類的意識中，讓人做後續的處理。而通常會進入意識層面的訊息，都是和每個人自己比較切身相關的，這是人類的求生本能……。」

　　聽來，這個概念和「價值觀」頗為類似。有些價值

觀，不見得有所謂的對或錯，每個人或因為處境、成長背景、教育、社會地位、意識形態等因素而形成了不同的價值觀。但就是因為這樣的不同，所以人與人之間的溝通，常有道難以跨越的鴻溝……。

大一時，導師在上課時很認真地告訴我們：「我們要能夠聽到不同的聲音。」要觀察不同的人與群體，甚至與之結交，聽見不同的意見與聲音，然後自己做判斷，選擇要捨棄或採納哪一些聲音。只有這樣，我們才能夠少犯一點錯誤……。現在想來，意識到價值觀的不同，也是一種「不同聲音的聆聽」──不同的價值觀會發出不同的聲音，而促成不一樣的抉擇。

## 百通科技 7/11（五）～ 7/17（四）

### 文化 × 自信 & 認同 × 底氣

能夠對自己公司文化充滿自信及認同感的人，是非常有福氣的。就好像一個人對自己的文化、民族乃至於

國家感到自信及認同一般。別的先不說，這樣的自信及認同感會讓一個人在站出去的瞬間，底氣就很足！

## 思維習慣 × 反應 × 限制

曾問及主管，當上級交付工作時，她如何找到做事的方向？她回答：「人在一個行業待久了，就會養成一些思維習慣。這些思維習慣會讓人在短時間內做出反應。但是，有時候這些已經被定型的思維會讓人的思考出現死角，而實習生比較沒有思維定型的包袱，所以她習慣一開始不給實習生太多限制，讓他們放手去做，有時候反而會激盪出一些新的點子……另外，養成良好的習慣很重要。」

我想起，在社會學的課堂上，老師也曾說：「人們的所學會幫助他們在各自擅長的領域得以深入地了解事物並迅速地做出反應。但在此同時，他們的所長也容易對他們的思維產生一些限制，因而忽略了其他可能的面

向……。」

## 美好的事 × 美好的人 × 美好的風景

在百通科技實習的最後一天，和部門主管聊天時，主管談及插畫家要靠畫畫維持生活並不容易，所以之前有辦活動讓插畫家的作品出現在一些商品上，希望藉此機會能讓他們的畫作被大眾看見……。

在那瞬間，我感受到一種對社會的理想與關懷。

當一個人默默地做著美好的事，他便成為了一個美好的人。而美好的人做著美好的事的那個當下——本身便自成一道美好的風景。

Each person becomes a lovely human-being when he or she does lovely things, and that moment is the lovely scenery.

## 出口部 7/18（五）～ 7/24（四）

### 習以為常 × 檢視 × 根深柢固

　　有時候，越是習以為常的事情，越值得我們去做檢視，因為其中所蘊含的思維可能是我們根深柢固而不自覺的。檢視這些事情會幫助我們對於自己所生活的環境以及狀態更加地自覺。


### 變動 × 時間規劃 × 停滯

　　實習也有好一段時間了。近來發覺，出了社會之後，多數人的生活狀況可能變得漸趨規律而平緩。出社會前，身為學生，每隔一段時間就會有小考、段考或是升學考試之類的機制，讓人覺得自己隨著時間的推移，是固定地在向前行進的。然而，出社會後，多數人可能每天重複做著相同的工作，下班後就回家休息，隔天再去公司上班，周末做些休閒活動，又迎來了星期一，繼續工作。周而復始……。

一晃眼，可能一年又過去了，待在一樣的位置上，做著一樣的事，過著一樣的生活。除了年歲的增長，工作經驗的增加，臉上皺紋的增添，其它方面可能處於停滯不前的狀態。

因此，進入職場後，工作以外的個人時間規劃，也顯得益發重要。否則，人生若是在此停滯的狀態下就過了大半，馬齒徒增，豈不令人感傷？

## 倉儲部 7/25（五）～ 7/31（四）
### 生命 × 時間 × 韌性

整理書籍時，看到一些書的出版年紀比我大個一、兩歲，書頁可能都發黃或變質了，再看看我自己……嗯……還是好好的！

真好！在相似的時間長度之下，比起發黃的書籍，我的生命還是多了點韌性的！

「咬定青山不放鬆，立根原在破岩中。千磨萬擊還堅勁，任爾東西南北風。」──〈竹石〉　清・鄭板橋

## 選擇 × 價值取捨 × 生涯

今天在回程的路上，大哥和我們聊起了他踏入出版界的緣由……。末了，大哥說：「雖然現在待在出版社，薪水比以前少，但是他並不感到後悔，因為在出版社工作之後，他有更多的時間可以陪伴家人，參與孩子的成長，下班後不用像以前一樣去應酬……。所以，不必羨慕一些行業的薪水很高，那都是付出相對的代價換來的，例如，很多的科技新貴都是用生活品質及身體健康換取高額薪水。每個人把自己在意的東西把持住就好……。」

選擇，是一種價值的取捨。職涯，亦然。

## 時間 × 味道 & 痕跡 × 科技

每次走到倉儲區，還未翻開堆放在書架上的一本本

書籍，便會嗅到一股……不知是潮濕或是霉味混在紙張上，所散發出來的味道。

　　我不大理解形成這股味道的原因，姑且稱之為──「時間的味道」……如此說來，書上的霉斑，便是──「時間的痕跡」。後來聽大哥說，發霉的書可以透過一種叫做「鈷 60」的放射線做處理。有些圖書館會有這樣的需求。


　　科技消滅了時間的痕跡。就像鈷 60 放射線去除書上的霉斑，就像──醫療美容中所使用的電波拉皮手術。


## 做事的方法 × 開心 × 效率

　　在偌大的書庫清點庫存時，常常一面聽音樂，一面刷條碼。重複而單調的工作，隨著旋律的陪伴而舒緩了不少，也為空曠的空間注入了一股活力。

　　大哥說：「做事就是要找到讓自己開心並且有效率的方法。」

## 工作 × 甘願 × 承擔

送貨的路上，大哥在聊天時提及：「沒有一種工作是不辛苦的，各行各業都有它的難處……最重要的是，要找個自己喜歡的工作，並願意去承擔它辛勞的部分。」

甘之如飴，是這樣吧！

## 日光 × 時間 × 存有

重複著之前每一天清點庫存的工作，我看著其他一樣也在清點庫存的實習生。回首望著之前清點過的那幾架書籍，又轉頭盯著還等著我去清點的部分。音樂的聲音持續地從電腦中傳出，條碼槍的提示音，此起彼落地響起……。

看看其他走在同一條路上的人，看看自己走過的路，看看接下來要走的路……好像，人生中總是會出現這樣的行為。觀望一下情勢，回首一下過往，再展望一下未

來。彷彿，永無止盡。

　　看著手上抓著的那本書，頓時，我決意將它放下。拿起相機記錄這個空間中──僅存於此時此刻的存有。

　　多少個秒針、分針與時針交互推動所構築成的時刻，存於這偌大的空間中。條碼槍的提示音此起彼落地響起，音樂透過空氣傳遞到耳中。我面對著一架架的書，重複著相同的動作。彷彿，永無止盡的路，原來，終將也會有行至盡頭的一天。

　　日光照進空曠的空間，灰塵的微粒懸浮在空中。這樣的氛圍，似曾相識……。

　　我突然想起朱自清著名的一篇散文──〈匆匆〉：「去的盡管去了，來的盡管來著；來去的中間，又怎樣地匆匆呢。……小屋裡射進兩三方斜斜的太陽。太陽他有腳

啊,輕輕悄悄地挪移了;我也茫茫然跟著旋轉。……過去的日子如輕煙,被微風吹散了,如薄霧,被初陽蒸融了,我留著些什麼痕跡呢?……」

## 結語　含苞,待放

為期一個月的實習結束了。在此,感謝創意人文學程給予我這個實習的機會。因為有謝政諭院長、連文萍老師、劉涵銓助教的努力與付出,我才能有這一個月寶貴的經歷。感謝萬卷樓圖書公司及百通科技的工作人員在實習期間對我的諸多關照,因為有梁錦興先生、張晏瑞先生、鄭曼華小姐、向永昌先生、黃大中先生、李依融小姐及其他許許多多我叫不出名字的人,我才能順利地度過這個階段的學習。

即便生命中的許多事不盡然順遂,未來的路也還長著,不知會遭遇多少變化,但是,這些都是必經的歷程。

這次實習，我遇見了許多人，碰到了許多狀況，做出了許多反應。期間，有疑惑、挫折與反省，也有鼓舞、雀躍與成長。

而那些平坦或崎嶇的道路，我必須一一踩踏；那些美好或不美好的滋味，我必須一一嚐遍；那些快樂或傷悲的感受，我必須一一領會——人生的道路上，必定要經歷現實的試煉——追求，才會在現實中綻放，而不是在虛無中枯萎！

所有過程，終將會沉澱為生命的養分，成就——花開的瞬間。

然後，孕育——下一次的——含苞，待放。

# 附錄　實習工作內容

## 編輯部

### 文件遞送協助

　　拿取五、十五、二十元的郵票及濕海綿，將印好的地址條貼到雜誌信封袋上。

### 「關羽」書單製作

　　上網蒐集關羽的相關書籍，（大陸書籍、童書、非專門探討關羽的書籍，如：《三國演義》等，不包含在內），將書名、作者、定價、ISBN、裝訂、出版日期及書籍分類等依序建檔，製作成書單。

### 客戶訂書領取

　　到學生書局領取出版社訂購的兩本《關羽全傳》，將收據拿到九樓給出口部經理，並將書籍送到六樓的門市。

## 客戶訂書包裝

將氣泡袋裁成適當的大小，和其他實習生一起將顧客訂的一百本教學用書包在氣泡袋內，予以保護。並用透明寬膠帶固定。最後，組合紙箱，並將包裝好的書籍裝箱。

## 出版社用車看顧

跟著一位大哥去把出版社送到編目公司編目的書籍拿回來，並在大哥拿書的時候替出版社看車，以免車子停在編目公司外時被拖吊。

## 編目加工（共四批書籍，每批約兩百到三百本）

和同期的實習生一起將國內某大學圖書館採購的五到十大箱的圖書，依估價單上的順序排列，抽出夾在書中的號碼條，且依其要求貼上書籍條碼、索書號、護膜、磁條和書後袋，並蓋印圖書館館章。最後，將處理完的書籍裝箱、貼上箱號，堆放在儲物間。

### 行銷企劃報告撰寫

撰寫督導（編按：張晏瑞副總編輯）交代的《民俗學》（一套十冊）行銷企劃，要求是：簡單而完整。

### 履歷表撰寫

撰寫督導交代的個人履歷表。

### 作業寄送

校對督導所交代的行銷企劃報告及履歷表，轉成PDF檔，並寄送到督導的電子郵件信箱。

## 百通科技（POD 部門）

### Case1　英語系國家的電子書軟體報告

籌備時間：三天

(1)初探英語系國家的電子書軟體。

(2)了解三個電子書軟體（3DIssue、FlexPaper 及 ISSUU）的功能及服務。

(3)研究 3DIssue、Flex Paper 及 ISSUU 的功能及服

務等相關資料。

(4)三個軟體功能與服務的分析與比較。

(5)軟體功能比較表製作。

(6)報告投影片製作。

(7)軟體比價表製作。

(8)檔案儲存與傳遞。

(9)進行簡報。

(10)討論與回饋。


## Case2　自費出版與 Bookstand Publishing（自費出版網

站）服務與經營模式報告

籌備時間：一天

(1)了解自費出版的定義與運作模式。

(2)探索 Bookstand Publishing 這個網站所提供的服

務及經營模式。

(3)研究評論家、消費者及業者各方觀點。

(4)以「消費者」的角度分析 Bookstand Publishing 提

　　供的服務及經營方式。

(5)傳統出版與自費出版模式分析。

(6)報價表格製作。

(7)報告投影片製作。

(8)檔案儲存與傳遞。

(9)進行簡報。

(10)討論與回饋。


## 舊有資料整理與回收

　　幫忙將公司的檔案夾裝箱，把要淘汰掉的光碟片及

資料分別自棉套與檔案夾中抽出，利用裝訂機將膠環從

文件上拆卸下來並回收。


## 出口部

### 客戶書目薦購

　　在網路上蒐集符合公司客戶採購需求的相關書目

（如：政治、法律類的相關圖書）。並依照書名、作者、出版社、定價、ISBN、裝訂、出版日期及內容性質等建檔歸類。

### 書籍拆封與清點

將送至出版社的書籍拆封，並拿著採購單一一清點採購書籍的品項與數量是否無誤，確認後在採購單上打勾。

### 書籍資料建檔與裝箱

書籍進貨後必須立刻清點採購品項、數量及定價是否正確，並登錄每本書籍所要裝入箱子的箱號，且確實記錄箱單。

### 二〇一四年的新書書目編輯

在網路收集二〇一四年以來出版的符合大眾取向（非專業書籍）的新書資料，依書名、作者、出版社、定價、ISBN、裝訂、出版日期及內容性質做分類管理。

## 顧客訂書裝箱

　　將紙箱用膠帶組合固定，鋪上防潮布後，將客戶訂購的書籍裝箱，再鋪上防潮紙，然後用膠帶封箱。

## 退書處理

　　抽取退書的書籍訂貨單，並將其資料鍵入電腦存檔。

## 客戶訂書領取

　　到新文豐與文史哲兩間書店替出版社拿取客戶訂書。

## 訂購單整理

　　將訂購單依日期順序疊放。

# 倉儲部

## 二〇一四年的新書書目編輯

　　在網路收集二〇一四年以來出版的符合大眾取向（非專業書籍）的新書資料，依書名、作者、出版社、

定價、ISBN、裝訂、出版日期及內容性質做分類管理。

## 書籍資料管理

將未建檔的書籍堆放在桌上,利用條碼槍感應書籍條碼,將書名、作者、出版社、ISBN、書籍分類號、定價、銷售折扣及出版日期依序建檔。

## 庫存盤點、儲存與建檔

進入出版社的庫存盤點系統,到倉儲區的書架上將書籍取出。在系統內鍵入每一櫃書籍的櫃號,用條碼槍感應每一本庫存書籍的條碼。每刷完一排書籍便儲存資料,將書籍歸位,接著再處理新的一排。刷條碼時,若同一個條碼有兩筆資料,必須尋找與書籍名稱相符的,並鍵入流水號。若有兩筆以上的書籍資料名稱相同,必須選取較新的那筆資料。

## 書籍淘汰

將已經發霉的書籍從書架上抽出來,另行擺放。發霉的書若不抽出來淘汰掉,鄰近的書籍便會被黴菌所感染,造成更嚴重的損害。

## 貨物打包

將已裝箱的貨物放上打包機,將打包帶穿入打包機的孔洞之中,繞過箱子,再將其穿入另一頭的孔洞中。打包機感應到打包帶的穿入後便會自動將打包帶抽緊,並用熱熔膠將打包帶的兩端黏合,完成打包。

## 海陸貨物處理

和同期實習生一起在郵局將商用發票信封裡的黃色收據抽出來,留下白色單子。將信封的貼條撕開,黏回箱子上固定,並將抽出來的白色單子攤在每一箱貨物上。等待郵局的業務人員將收據黏在箱子上、秤重及輸入資料,然後繳費並領取收據。

## 客戶訂書領取

到里仁書局及文津出版社領取客戶訂書。

## 協助貨物運送

和實習生一起將堆放貨物的推車放回出版社。

## 客戶訂書處理

到郵局將客戶資料抄寫在複寫紙上，讓郵局人員將單子貼在貨物上。

## 貨物寄送途徑提醒

提醒大哥八箱貨物中，兩箱包著黃色打包帶的是「上海 EMS」的貨物，另外六箱包著綠色打包帶的則是「福建空運」的。

## 貨物遞送

將出版社的紙箱及一袋書籍送到百通科技。

## 客戶訂書遞送

將書籍送到出版社某訂戶家中。

## 中研院訂書

將中研院訂書送到傅斯年圖書館及近代史研究所。

## 新增「書籍資料」

替庫存盤點系統中未建立資料的書籍作資料建檔。

## Word 排版學習

和其他實習生回出版社和張晏瑞副總編學習如何利用 Word 和 Power Point 做簡單的版面編輯並設計封面與封底。

## 行銷企劃書檢討

和同期實習生聽張副總編講解行銷企劃書的撰寫重點。

## 心得回饋

　　出版社鼓勵實習生可在二〇一四年九月十日前交出三千字的心得報告方便編輯出版，以茲紀錄。

# 實習心得

林治廷
臺北市立大學中國語文學系

　　七月一日到七月二日，我參與的是基礎理論課程，為期兩天，由各領域專精的老師為我們上課，從文化創意與公共建設、文化行銷（廣告實務應用）、在地文化與社區文化導覽、網路行銷、社區總體營造、平面多媒體、數位創意以及臺灣動畫產業發展、電子報、華語多媒體教材等。兩天多元的課程，拓展了我中文系所畢業後的出路，不僅只是平時學校課程的理論，兩天來替我們上課的老師，無非是各領域的專家，或是在線公司，雖然都只是約略概括的課程，但因為多元，所以都是精華中的精華，使得我們在實習單位上，有更多的認知了

解，並且從中挖掘自己最感興趣的部分，做更深入的了解。從文化創意到文化行銷，讓我們了解東方元素的價值，以及如何在職場上的應用，中文教育，不僅只是語言的教學，其中包含了文化與因應趨勢，運用多媒體，讓教學方式更加多元以及達到有別於傳統教學，更加活潑和客製化，讓教學對象更容易吸收，在教材圖片的編輯，教學的內容，電子報的呈現方式，都逐一的為我們做一步一步的了解。

兩天的課堂中讓我了解到中文在臺灣的競爭力，以及創意點與優勢，而後還吸收到了廣告與創意結合和傳統取向的差別，利用創意去製造無形文化轉而形成有形的文化商品，除了對於文化以及行銷的了解，也舉了很多案例介紹，深深感動著我的內心。為了因應趨勢，以及網際網路的發達與智慧型產品的崛起，中文書籍也因應改革，網路的發展已經和生活密不可分，網路行銷是非常便利以及熱門的方式，立即為我們這些學生輸入了

不一樣的見解，以及使用網路的方式，讓我們明白網路行銷的關鍵因素，科技的進步與時代的變遷，許多傳統媒體固然存在，但也慢慢的被網路以及其他新興媒體所取代，其中電子報的多元豐富類型，也是時下的趨勢，雖然臺灣有許多公司，但是真正成為主流讓消費者買單的依舊是國外的團隊，讓我從另外一個角度去解析去了解，整個出版界的動向，如何從文字、影音、網路、媒體的相互結合，掌握客戶的需求，另外，老師們也會跟我們聊到面對工作的態度與熱情的所在，這也是未來畢業後投入職場，所要找尋的一大課題，為期兩天的課程，總能感受到每位老師的用心，以及分秒必爭重點知識，用最簡單明瞭並且讓我們印象深刻的方式，度過兩天愉快並且收穫良多的多元課程。

　　七月三日，我們來到百通資訊股份有限公司進行參訪，他們主要從事專業書籍與雜誌編排印刷工作，目前已擴展到數位領域之電子書、VCD及知識管理工作，並

且致力於數位內容推廣，積極地吸收數位知識。其公司特色開發潛能高、團隊合作無間、求新求變、精緻印刷及數位印刷的帶動者。

　　七月四日，開始到分配的實習單位，短短三個禮拜，讓我受益匪淺，指導我們從校稿內容進行篩選、編輯、排版，除了受到各領域老師在專業領域上的指導外，另一方面也讓我們學習到團隊合作的重要，整合大家的意見，並且從中篩選，提出對團隊最適合的方案，萬卷樓公司的指導老師，用活潑生動的方式，讓我們大膽的嘗試，並且仔細的製作極具我們風格的書籍，從文字圖片的排版方式、到內容篩選、採訪製作，集組員以及老師的意見，完成了書籍最初定案。除此之外，我來到百通科技公司，見證到同事間合作無間的融洽氣氛，以及有效率的工作分配，打樣出版的機器，電腦系統的專業，多媒體設計人員工作負責領域，了解一份出版工作的流程，接受到訂單直至訂單完成的作業流向。

而在萬卷樓公司，讓我更深入了解到出版書籍的流程與脈絡，從校稿、勘正、如何編輯圖片、內文分配、動手製作排版，用文字與圖片做搭配，激發出創意和概念，整合組員們的想法，從中做更深入的討論和互助合作，實際操作電腦，學習到非常有趣的圖片編輯軟體，沒有想到我們也可以這麼容易的就製作出一本書籍。並且打破我對「編輯者」三個字簡單言語。然而身為出版社的編輯者的工作是怎麼回事呢？很多人會說：「不過就校個稿，從事書本編輯的工作而已。」但我想只有從事編輯工作的人才會知道工作本身的存在的挑戰。身為一個編輯者我覺得除了文字的敏感度要高以外，還必須要有耐心、細心、定力、冷靜、以及溝通技巧。這也是我進來實習以後得到的一個結論。

　　記得每天早上大家在工作之前，一定會去茶水間給自己倒杯水，然後各自坐在位子上開始自己需要完成的挑戰，偶爾也會需要上廁所或拿文件而走動，所以也是

能聽到輕微的腳步聲，緩緩的、喘口氣的腳步聲。然而在工作（例如：校稿、品檢等……）期間一定總會有電話進來，而那未知的來電者或許是作者、或許是外包或印刷公司的人、或許是圖內插畫者、或許是封面設計者。溝通是雙向的，每次通話的作用都是希望能有利於進度或是解決問題的，所以身為編輯人員每天講電話也是工作之一。我發現溝通很重要，不管是對誰，來出版社以後覺得溝通也是一種藝術。因為每個人的想法不同，每個人都是為了能讓作品變得更好，沒有所謂絕對正確和絕對錯誤，而是需要溝通使雙方的想法都能融入然後形成一個好作品。要能言之有物、正確表達自己的想法、講話有禮親切、能快速理解對方想法並且統合成理想的對策與對方討論；這些都是身為一個編輯者奠定溝通技巧最重要的基本因素。這是主管們間接給我的一個觀念：「溝通是一門很重要的藝術」。

　　我來到這裡工作，發現自己很多不足甚至殘缺的盲

點。最大的盲點就是：「不夠細心」。這是出版業最可怕的惡夢性格，有時候一頁只要錯了幾個字，就有可能差個好幾頁，一個環節沒做好可能就會造成嚴重的後果。剛開始不論是跟自己還是主管，甚至是其他的人，也都是磨合了許久，不斷的調適、不斷的修正自我才一點一點感覺到自己的成長，但總覺得成長得要旁人說才算數。旁人怎麼看我的我不知道，但在這段時間我的確也了解許多在學校所沒有注意到的盲點，我就是很典型的「不經一事，不長一智」的小孩，也很感謝我的主管在我實習的這段期間不斷的鼓勵我，希望我能夠變更好。不管是直接還是間接，主管們都教了我身為一個社會人士應該要有的態度，以及為人處事。

這次實習了解出版社編輯者的工作性質很重要，也是學習重點沒有錯。可是在這段日子裡了解自己不足的盲點，以及懂得成長自我和學會職場態度，才是我收穫的弦外之音。這段日子或許以後會泛黃成為回憶中的一

部分，但如果某個人突然莫名的讚賞我的成長，我會抱持感謝的心情，默默的懷念在萬卷樓實習的日子。

另外也拓展了我對於畢業出路的想法，以及更加關心人文與媒體趨勢，任何工作都是需要熱情和溫度去發展自己的專業，每週總能在老師們的眼中，發掘他們神采奕奕的光輝，能成為這樣的大人，真的讓我非常的嚮往。最後在實習課的最後一堂，見證到書籍的成品，真的非常的感動，不是個人，而是與同學們共同策劃合作努力下的結晶，讓我對未來畢業更添了一股信心，也讓我對未來想從事的工作輪廓更加的清楚。

非常感到幸運能成為這次實習計畫中的一員，也十分感謝在這次多元課程中參與的老師們，給了我們很多不一樣的見解，讓我透過這次的多元課程了解到各領域的專業以及感動，透過這樣的窗口，讓我對於出版業有更深更廣的認識，不過由於時間的關係，一個月的時間，

似乎過於短暫，實在讓我感到非常可惜，謝謝萬卷樓的全體員工，讓我深刻感受到你們對工作的熱忱，以及專業，還有內在的充實，非常感謝你們，在如此有限的時間，不只是用講的，也準備了豐富的專業知識，以及團體活動，讓我記憶深刻，幫助我理解，除了豐富入門知識，也讓我們有機會探索其他領域，並且加入許多實作，馬上驗收成果，讓我更加深刻的體會你們的用心，這樣豐富又有趣的實習，希望能持續下去。最後想再次感謝萬卷樓公司，感謝你們團隊的專業與耐心，感謝你們指導我們的用心和細心，每一次實習都是收穫，每一次實習都是美好的體驗。

# 萬卷樓心得回饋

陳柏彰

嘉義大學中國文學系

回憶起求學的階段，總是倉促，卻總是駐足在我腦海中，久久無法散去。學習，一直都是陪伴在我們人生的左右，無論是孩提時代的牙牙學語，到我們進入學校學習知識，將來出社會學習的待人處世，如同這次萬卷樓的業界實習，也開啟了我和出版業的一扇大門。

記得第一次踏入萬卷樓出版社的時候，好像進入了一間圖書館，琳瑯滿目的叢書映入眼簾。第一個禮拜的工作是在出口部，這裡專門出口要給各個訂閱者的書籍，而我這禮拜的工作有些特別，是負責將某大學圖書館的

書貼上書籍借閱條碼和磁條（編按：編目加工），我們就像保母一般，將每一本書貼上條碼，好讓讀者方便查詢和參閱，心中對於出口部的印象又更深一層；第二個禮拜則是到了萬卷樓位於三峽的倉儲部，在這裡工作的向永昌大哥人很親切，總是在言談之中學習到很多工作和待人處世的經驗，向大哥沒有以威嚴來帶領我們，而是以親身經歷和實作來做解釋和示範，倉儲的工作就好像書局的工作，負責將書輸入基本的資料，如出版社、作者和 ISBN，而萬卷樓是專門進口大陸書，也因此有機會可以更了解大陸的書籍規格和內容；第三個禮拜則是回到萬卷樓的進口部，這裡就是負責承接訂單和各個機關所需要的書籍，在搬運的過程中也才了解到，原來出版社也是需要勞心勞力的一個工作，而最特別的是幫書打簡介，讓購買人和讀者可以一目了然清楚的知道書的內容；最後一個禮拜則是到了編輯部，也是一般人最熟悉卻也最缺乏認識的一個部門，編輯其實並不輕鬆，像是校稿，就有分一二三校，每一校都是耐心和專注力的考

驗，從而讓我十分佩服校對的秋芬姐的耐力和毅力。

　　一個月的時間真的很快，在萬卷樓實習是一個非常累卻也收穫良多的經驗，在這一個月中我認識了許多出版業的專才和朋友，雖然將來出版業不一定是我走的路，但我非常喜歡梁錦興先生和張晏瑞副總經理的態度，出版業並不是一個可以賺大錢的行業，但是卻是文化和教育傳承的根基，我相信古人所說「前人種樹，後人乘涼」、「十年樹木，百年樹人」的道理，這些話都是需要一種對文學、文化的一種傳承和熱誠，也是我在萬卷樓實習在每一個人身上所看到最辛苦，卻也是最美麗的承擔，也使我的眼界有了更深一層的開闊和拓展。

# 萬卷樓暑期實習心得

曾筱婷
臺灣師範大學國文系

## 所學相關知識技能之應用

雖然出版業與文字工作密切相關，但是實習的這一個月間，我大多忙於處理業務，很少動用到國文系的專業。這在某種程度上，或許印證了所學與現實確有落差，但我並不感到遺憾，如果在校所學就能應付職場所需，也不會有所謂「社會新鮮人」之說。凡是到了新環境，都需要時間從頭學起，等到對手上事務比較熟悉之後，再來慢慢引入所學所知，其實也不算太晚，只是目前無法在實習期間完成而已，並不代表不可行。

## 實習期間的成長與收穫

　　每個人的心態不同，自然會有不同收穫。就我個人而言，參加實習並不是為了運用所學，而是想學到新技能、想認識實務層面，而最終結果證明，這實習是符合預期的。我確實學會新技能，例如：認識更多資料庫、自行圖書編目、掌握編輯技巧等；對出版業的認識也更深了，知道這個行業的優缺，知道一本書從撰寫、編輯、刊印，到配送、行銷、更換的流程。

　　除此之外，透過實習機會，預先檢視自己與這個行業的適合程度，更是一件可貴的事。與其在踏進之後才慢慢認識，不如現在就建立基本概念，提早明白自己所喜歡的，究竟是理想的幻象、還是現實的真相？這有助於未來就業選擇。實習像防患於未然，透過短暫的體驗過程，重新確認自己想要的、喜歡的，究竟在於什麼方面？做錯決定不打緊，重要的是以後不要再犯，這是一個風險很低的確認機會，即便現在錯了，還可以及時回頭。

## 對實習機構之回饋

我要推薦在實習開始之前，萬卷樓所安排的教學課程，雖然只有短短三天，但是看得出來特別用心，從講師選擇到內容安排，都與當今出版業界無縫接軌。這有助實習生盡快進入狀況，不必在實習期間額外抽空學習、影響工作進度，建議可以繼續沿用到下一屆。一個月不長不短，但是如果都窩在同個單位，學生肯定會失去新鮮感，每週輪調就沒有這個困擾。何況，知道公司的組織構成，未必代表真正明白工作內容，唯有實際進入該單位，才會對其有所認識，參與完所有部門，對公司也就摸個八九分透了。另外，透過隨機分組，實習生也有機會遇到他系、甚至他校的學生，學習如何和陌生人團合作共事，並且拓展人際關係。

## 給學弟妹的一些建議

由於公司編制小，每個員工分擔的工作量很多，並沒有專門管理實習生的人。初來乍到的同學，面對無人

發號施令的情況，可能會有些不知所措，在此建議學弟妹主動一點，不要等別人派工作給你，要自己詢問「請問我可以做什麼？」如此不但可以找到事做，也能充分展現你對工作的積極態度，在主管眼中留下良好印象。

以萬卷樓為例，其公司主要負責學術書籍，參與人員必須是有點底子的本科生，這類人才並不易得，因此公司內部其實相當缺人手。與我同梯的實習生當中，有位學姊正好是應屆畢業生，實習期間表現不錯，結束後接受總經理邀請，很快便被公司延攬了。對於有意進入該行業的同學而言，把握實習期間展現自己是很重要的，說不定可以為就業鋪路，搶先卡位。

暑假漫漫，往年總是無所事事地度過，今年終於可以做點「有意義的事」。除了聚餐、出國、談戀愛之外，我認為「實習」也是不錯的選擇，一來對未來有所幫助，二來沒有課業壓力，更能心無旁騖地投入。

這是學校第一次承辦企業實習，系上又剛好有熟識的合作單位，透過校方找尋實習機會，在各方面而言都比較保險。我有幸剛好錄取萬卷樓，不但公司位置交通方便，而且還能輪調各部門，上週去鶯歌、下週去汐科，每個禮拜去不同地點實習，對喜愛亂跑的我來說特別有意思。

　　同事們都對實習生很好，不會交付太繁重或困難的工作，也不會嚴格檢核執行成果，實習生只要盡力去做的話，基本上都不會出差錯。我特別覺得幸運的是，不管在哪個部門，辦公室的氣氛都很愉快，沒有內鬥或小團體的問題，即便是實習生也怡然自得，得以在健康正向的環境中學習。這讓我體會到，工作氣氛有時候比工作本身更重要，如果在負面、低氣壓的場合工作，即便工作內容無關緊要，也不見得會比較輕鬆。

　　實習期間，我的生活相當穩定，每天通勤上下班，

不但作息變正常了，步調也變得很安定。在學校的時候，總覺得一堆事情做不完，日子過得匆匆忙忙，一眨眼就隨便過了一週；工作卻不然，下班之後就是自己的時間，吃飯洗澡早早睡覺，周末還有時間出門踏青。我目前尚無法論斷兩者優劣，但是有機會體驗另一種生活型態，其實也是收穫，如果半工半讀什麼都做不好，不如專心當學生、專心做實習，更能夠深度體會這兩種型態的況味。

因著實習的契機，我看見人稱「夕陽工業」的出版業，其實正在努力開展新的道路，也許還需要一點時間、機運，但絕對不會是一灘死水。如同前輩所言，做書和買樂透一樣，永遠預料不到下一本會如何，就算平常工作辛苦，但只要有一本書成功了，便覺得自己的付出的苦盡甘來，安慰之餘也得到肯定。抱持著這樣的信念，踏實地過每一天，對未來永遠充滿期待，即便沒有大紅大紫的暢銷書，也對得起自己製作的每一本書。

我非常慶幸暑假選擇實習，雖然犧牲與家人和朋友相處的時間，不過真的學到好多東西。老實說，作為非本意進入師範體系的學生，我常常好奇除了教師之外，國文系的人還有什麼出路？這次實習，給我機會認識與文字息息相關的出版業，知道它的樣貌、內容、展望，即便將來不以其作為職業，多學一點也有益無害。誰能夠預知未來呢？唯有做足準備才能應對，實習於我而言即是如此，檢視自己目前立足之地，擬定日後目標方向，勇敢大步邁進。

# 實習心得

羅佳兒

臺灣師範大學國文系

　　此次實習可分成二部分，第一部分為七月一日至三日的專業課程，第二部分則是為期一個月的部門實習。專業課程除了詳細介紹出版業的前景，也使我對於臺灣的出版業有更深的認識，比如說中國因為政治上的策略，使得其華文出版始終受到嚴格管控，因此臺灣可說是華文出版業之龍頭，小小的臺灣擁有高達一萬多家的出版社，也是華文出版與行銷最成熟之地區，這無不令人驚訝！此外，專業課程也帶領我了解最近的新興產業——電子書，當眾人普遍對傳統書籍未來之存亡抱持悲觀的看法時，黃榮華先生所提供的最新數據，使我對於紙本

書的前景有更樂觀的想法，也消弭了我之前的憂慮。

專業課程之中，我認為收穫最豐滿的便是鄭明禮先生所講述的「認識出版行銷企劃」，其除了介紹行銷業之產業版圖，也深入分析行銷企劃的構想循環，原來一本書的出版，並不是只有內容就好，背後的行銷還須著眼於市場的需求，探索賣點，就連上市的時間都會影響到一本書的銷量！在上完此門課程之後，當我隨興逛至誠品書店，便會發現——每本書的設計、書標、擺放位置，其實都大有玄機！

在課程的第三天，實習生們一起到百通科技參觀印刷工廠，這裡的環境十分明亮乾淨，同事們都認真地在做自己的工作，而工廠的負責人也很有耐心地替我們解答一個又一個的問題，因此我頗喜歡這裡的工作氣氛。進入工廠之後，在每個印刷機的上方，都擺著一包乖乖，工廠的負責人說，真的是寧可信其有，不可信其無，一

定要擺一包乖乖在機器上方，它們才會乖乖地運作，這真是使我大開眼界，也體會到業界之中不成文的習俗。工廠分為兩部分，第一部分主要是印製大量的信用卡帳單、電話費帳單等，總共有五六臺機器，每一臺都十分巨大，有著長長的運輸軌，上頭接著一根排熱管，機體快速運作，稍一會兒便已經印好一大疊的帳單，而在此機房的後半部，還有專門裁切帳單並且裝入信封的機器，一切皆是以最省時最省人力的方法來完成。

工廠的第二部分主要印製圖書，在科技日益進步的時代，現代的印刷廠已不再使用過去傳統的油墨印刷，而改採數位印刷，除了能夠更符合每位客戶的需求，也能擺脫過去囤貨過多的困擾，可以說是印刷產業的一大革新。而在認識眾多不同的印刷機器之外，工廠的負責人也向我們解釋如何判斷紙質，並教導我們用熱熔機替書本上亮面膜或霧面膜的方式，使我對於書本的製作與產生又有了更深一層的認識。

專業課程結束後，從八月一日至八月二十八日，我總共在三個部門實習：蘭臺出版社的編輯部、萬卷樓的倉儲部及進口部。在每一個部門所學到的知識都不太一樣，同事們對實習生都十分親切，當我有問題時，他們也都樂於提供幫助，整體來說，在三個部門實習的期間，我都感到十分的快樂及充實。

　　前兩個禮拜，我在蘭臺出版社的編輯部實習，主要工作為校對文字、改訂句意不順之文句，在實習期間也可以觀察到每個人是如何進行自己的職務，如美編設計須負責封面設計，使用 InDesign 來排版，文字主編則需浸淫在無邊無盡的古文之中，使用 Word 拼湊出無數個刁鑽的古文字，每個人對於自己的工作都十分認真也充滿熱情！每日下午，當精神瀕臨散漫之時，同事還會送上新鮮的水果或是餅乾當作下午茶，使我能重新打起精神，繼續努力打拼！而中元節時，同事們還帶我們去出版社後方的廟宇祭拜好兄弟，祈求新的一年出版社能順順利

利，在祭拜完畢之後，還須等待半小時至一小時，讓好兄弟們有時間好好享受美食，如此的宗教習俗真的十分特別與有趣。

　　我總共校對了三本書：《中國人的弱者意識與日本人的強者意識》、《雅萱小語》和《鄭愁予文集》。對我來說，在工作的同時又可以不斷地閱讀新書籍簡直是人生一大享受，在校對的過程中，除了能夠訓練自己對於文字的敏感度，更能透過閱讀書籍吸收新知。在《中國人的弱者意識與日本人的強者意識》中，作者詳細介紹了日本人的武士道精神，其以日本人在二次大戰之後對於美國人態度的轉變，和動漫文化做為輔助證據，證實日本人的強者精神始終未曾改變。而《雅萱小語》以一則則的短篇故事，引導讀者走出人生困境。《鄭愁予文集》則使我第一次有機會略覽鄭愁予的作品，其散文流暢易讀，詩多長律、善用典故，詞則遣字優美，意象深遠，三本書都使我有機會涉略不同的領域，收穫豐富。

第三個禮拜，我與曼殊和嘉彤學妹一同前往位在遙遠三峽的倉儲部。每天一早，我們都須搭七點四十五的火車至鶯歌，到了鶯歌火車站，再由大哥將我們載至萬卷樓在三峽的倉庫，因為地理位置十分偏遠，因此每日午餐，都須委由大哥代訂。大哥常會在開車的途中，向我們講解一些職場的潛規則，也教導我們做人做事該有的態度，大哥的話除了讓我反思自己的興趣所在，也重新思考了未來想走的路途，有錢是不是一定這麼重要？人生的價值只在追尋金錢嗎？多一點自己的時間，與家人相處，並能培養自己的興趣，何樂而不為呢？

　　在倉庫，我們主要的工作為替書籍重新裝箱、刷書碼、搬運貨物。第一天，我們一起分工將倉庫二樓一箱箱老舊的簡體字書搬下樓，打算將搬下來的書交給梁先生（萬卷樓經理）評估是否還能繼續賣。每個人都綁著頭髮，一個接一個的以弓字步的姿勢準備蓄勢待發，那天我們總共搬了快一百箱的書，雖然筋疲力竭，但也第

一次親嘗到如此不同的工作環境。平常自己打工，或是前兩個禮拜在編輯部的實習，主要都算是十分靜態的工作，我並不會不喜歡這樣的動態勞動，反而覺得來實習便是要體會不一樣的經驗，在身體汗流浹背的同時，心裡也感到十分充實。

之後幾天，我們還需要刷一箱箱的書本條碼，改正其書名，或是將其分類到正確的類別，我認為這個工作其實是一個動腦的時刻，書本太過繁多，一箱箱的搬來搬去，勞神傷力，之後還需重新裝箱到小箱子裡。我們當然可以每個人拿著一箱，做著自己的事情，這是最輕鬆也最簡單的方法，但效率極慢，也浪費了我們人多的優勢。因此我們決定動一動腦，以分工的方式，來加快腳步，趕快解決眼前堆積如山的厚重書箱，每個人都將自己的工作減少，只專門做一小部分，如我負責取書，嘉彤學妹負責刷書，曼殊學妹負責重新裝箱，整體的效率大概增加了五六倍之多，當我們把一天的分量全部整

理完之後，還有時間小憩一下呢！因此我認為，即使是看似簡單、乏味的工作，只要試著動動腦，以做好事情為目標，整個工作或許都能有意想不到的改變。

有幾天的下午，我們還會隨著大哥一起去送貨、取書，也因此有機會參觀其他的出版社，我們還去了中研院，而這也是我第一次有機會進入中研院一探究竟，環境十分清幽，走在路上的行人，看起來都富有濃厚的人文氣息，在送書到傅斯年圖書館時，我跟學妹們也一起閱覽了有關傅斯年的手稿與生平介紹。

第四個禮拜，我和曼殊學妹被分到萬卷樓的進口部，工作地點在古亭萬卷樓公司的六樓，主要工作是圖書分類、整理櫃號、查閱圖書館缺書，我們必須要學會使用中文圖書分類法，將許多書籍排至正確的類別，遇到無法認定內容的圖書，除了可以去國家圖書館查看其分類之外，也可以上網搜尋此本書的內容，以協助我們分類

到最正確的類別。而我也被派去查詢高苑科技大學、傅斯年圖書館、近史所的藏書，以確定這幾間圖書館有沒有未購買的萬卷樓出版書籍，也使我對萬卷樓公司的出版方向與圖書類別有更進一步的認識。

此次實習，可以說是我出社會前的一次難能寶貴的經驗，在此之前，我所擁有的工作經歷僅僅是家教與餐廳服務生，如此貧乏的工作經驗，對於之後不打算當老師的我來說，無疑是一值得憂慮的缺點，因此我十分感謝學校能提供這樣的機會給我，也使許多對未來依舊徬徨不定的大學生們更加了解自己的的人生走向，而我也從中學習到許多書本上沒有的知識，不只重新認識了出版業，也更加確定自己未來的路途，此外我也十分感謝此次實習遇到的所有同事與上司，他們的親切與幫助，是我能開心實習的最大主因。

# 成果報告書

## ——我在萬卷樓的實習心得

江昇

臺灣師範大學國文系

　　我在萬卷樓公司的實習是從七月一日到三十一日，去掉了第一、二天的前導課程，則總時數剛好是四週。在這四週的日子裡，每位實習生都被各自分配到了四個部門，各個部門皆以一週為時數。由於人力調配與公司協商的因素，每個人在四週裡所被分配到的部門與工作都不盡相同。以下是我在這四週之間服務實習的部門：

| 日程 | 第一週 | 第二週 | 第三週 | 第四週 |
|------|--------|--------|--------|--------|
| 單位 | 百通科技 | 進口部 | 倉儲部 | 編輯部 |

　　其中除了第一週的百通科技是額外合作的印刷公司之外，其餘的三個部門都是包含在萬卷樓公司之內的，而在不同的部門中有些與我自身的興趣相符，有些則否，但總的而言都使我對於圖書出版產業有了多元而完整面向的認識，也都使我受益良多。

## 百通科技

　　百通是位於汐止的一個印刷公司，主要負責接洽各個大小出版社的圖書印刷案件，目前也開始拓展個人少量的數位印刷工作。同樣與我一起於第一週在百通實習的另一位同學，是同屬師大國文系的何宜嬡，是個溫婉謙遜又不失風趣的學妹，實習期間由於他的協助與討論而使各項工作進行得更加順利。在報到的第一天主管即對我們做一個精簡的面試，內容大概包括個人的專長與

興趣，對實習工作的期許⋯⋯等等，在面試結束之後，由於我本身並沒有任何美工相關經驗，倒是對於文書處理頗有幾分想法，於是便被分配到了書寫企劃文案的工作。

在百通實習期間的工作內容大致是大同小異，上午九點抵達公司之後便到印刷廠進行掃描工作，事實上這是一份簡單易學也不需要太多專注力的工作，只要把固定的紙張放進掃描機中掃完，再用電腦將電子檔上傳到網路空間即可。若要說有一些收穫，那我想應該是對於掃描機與影印機構造有了更清楚的了解，而至少能進行一點簡單的操作吧。再來就是由於長時間的掃描往往會使得機器過熱而產生卡紙的問題，這總讓工作進度大大地延宕，尤其接近中午休息時間，而卡紙狀況又頻頻發生時就更加令人頭疼，於是足夠的耐心與專注便成了這份工作所必備的特質之一了。

下午的時間則是在個人的臨時辦公桌用電腦撰寫宣

傳文案，在我們到百通實習的期間，公司正好在研發一項新興的手機應用程式——iNCard。這是一個能夠在手機上用現成模板自製卡片，並藉由上傳訂單讓公司為你印製卡片並寄送的軟體。百通藉由其背後強大而完善的數位印刷機具，提供客戶獨一無二的印製寄送服務，而我的工作便是將這些特質轉換成宣傳文字，使其能夠更加吸引使用者的目光。另外，在書寫文案的過程中，相關主管也讓我親自操作這項軟體，實際製作出幾張卡片，並針對其中的操作介面提出建議與討論。於是在百通實習一週的時間中，我花了幾乎每個下午的時間對軟體進行測試及紀錄，結合書寫完成的宣傳文字成為一份堪稱完整的企劃案，並在實習當週的最後一天，在會議室面對十數個參與此項案件的主管進行約二十分鐘的簡報。起初在被告知要進行簡報時，並未設想過是如此大規模而正式的報告，畢竟身為初來乍到的實習生，提出的建議無論如何標新立異也都還是稚氣未脫的。所幸準備尚稱周全，整個報告的過程無論是時間與內容都在掌握之

中，也清楚地將自己的想法與建議進行表達，端看會後主管們的反應與討論，相信是不致使人失望的。

另外，在百通實習期間負責指導我的是 POD 產品經理——黃大中，我們都稱他作中哥。中哥在印刷業待了許久，經驗豐富自是不必廢言；其最令人景仰敬佩的當屬他在各個領域——尤其中文相關——的博學多聞，往往使研讀國文的我相形見絀而自慚形穢，而他的指導也讓我對整個工作環境更加熟悉，也對自己未來的規劃提供了他個人的看法，對我而言著實受用。由於百通屬於印刷公司，我在中文領域的相關專長並沒有得到太大的發揮，不過在與同事、主管的相處與應對進退卻是比萬卷樓的任何部門都來得豐富而獲益更多的，儘管往後可能未必會在印刷產業服務，這一週的實習經驗總讓我感到難能可貴而特別珍惜。

## 進口部

　　萬卷樓公司目前的主要業務，除了本身接洽中文相關學者的學術著作之外，也進行國內圖書對大陸的出口，以及大陸圖書對內的進口業務相關工作。而我在第二週服務實習的進口部便是負責處理由大陸輸入的圖書，包含盤點、編目、加工、裝箱以及協助上架……等等。老實說這份工作並不大輕鬆，由於書本（尤其是學術著作或出土文獻）的質量與重量往往非同小可，當一箱箱的書籍同時要進行搬運及拆裝箱時便是一門苦差事了。在進口部實習期間，最常做的工作便是將大陸書籍一箱一箱拆封盤點，再重新裝箱運送到相關的圖書館，其中便包含了我們師大圖書總館以及國文所圖書館。

　　老實說付出勞力的工作並非那麼討喜，於是在進口部期間我更傾向於協助撰寫書籍簡介的相關工作，在一週的時間中，總共撰寫了《馮夢龍全集》、《魯迅全集》、《樂府詩集》、《史記》、《全宋詞》等五部套書的簡介。

儘管進口部的工作與我當初對於出版社的想像總有些許落差，在協助圖書整理的過程中也學會了例如貼條碼、磁條等加工的過程以及圖書上架的技巧與原則……等等，不能說是沒有收穫的。

## 倉儲部

萬卷樓的倉儲部位於三峽，主要負責的當然是滯銷圖書的儲存管理以及相關盤點工作了。在前往倉儲部時早已聽之前待過的同學形容，其是如此這般辛苦勞累，於是乎便帶著戒慎恐懼的心情，在清晨七點鐘搭著區間車到鶯歌火車站。由於倉庫本身是沒有空調的，於是爬上貨梯進行盤點的狀況下，不消一時半刻就要弄得大汗淋漓。幸運的是，由於前兩週的實習同學已經把大多數的圖書盤點完畢了，所以我們實際待在倉庫的時間並不那麼多；事實上多數時間我們都讓倉儲部經理──向大哥開著休旅車帶我們到各大出版社與運貨中心載貨卸貨，其中也見到各樣不同規模出版社，算是長了許多見識。

在倉庫中由於一箱箱的書籍之重是不可能單靠人力搬運的，於是我也學會了如何使用起重機將圖書搬運並安頓到倉庫的一隅；另外，在倉儲部期間我們也有許多時間是為之前輸入儲存的大陸圖書進行分類編目，始之各得其所，這類工作執行起來便不那麼費力，可以說我們算是倉儲部裡頭較為幸運的一批實習生。

## 編輯部

最後一週被安排到了編輯部，事實上當初會選擇到出版社實習就是為了嘗試編輯相關工作，由於研讀中文科系，若是不從事教職，則最直覺想到的行業即是文字編輯了。於是便帶著興奮雀躍的心情到了編輯部進行第一天的報到。

在編輯部首先被分配到的工作是撰寫《國文天地》近幾期的簡介，由於萬卷樓除了出版中文相關學者的學術著作之外，近幾年來更致力於敦請各方專家撰寫《國

文天地》月刊的各個專欄，旨在為對國文有興趣的莘莘學子們樹立一盞明燈。細讀後發現《國文天地》確實是一本具有相當水準與眼光的月刊，其中許多老師甚至是學生的研究作品都質量非凡而值得細細品玩。

結束了簡介撰寫的工作之後，便進入了編輯工作的第一步也是重頭戲——校稿。在進入出版社之後才知道，其實校稿的工作並不如以往想像的那般簡單。一份原稿誕生之後，總共要經過三次校稿才能正式送往印刷廠進行印刷，一次都不得馬虎。其中我們所負責的便是「一校」的工作。一校需要耗費最多的心力進行逐字逐句的掃描，必得確實將所有錯誤或闕漏揪出，是一份相當不簡單的工作。在進行校稿的過程中，會發現其實許多學者的文章著作仍是有著瑕疵或各種需要修改的地方，但由於皆是中文學術領域，若非相關科系的校稿者則難以進行全面而完善的校正；可以說，在編輯部的一週當中是我發揮了最多所學及專長的時刻。

儘管編輯工作與文字的關係相當緊密，說到底仍是要依循著原作者的本意行事，於是許多想法與歧見便難以得到討論與實現，是較為可惜的部分；往後若是有機會，也許我會更傾向於成為作者為自己的作品進行建構與包裝，這或許會比作為編輯而必須屈就原著來得有趣而自由。

## 回饋與建議

　　萬卷樓對於實習的安排算是相當有條理且明確，每一週分別安排在不同部門負責並學習不一樣的工作，經過總共四週的輪替能大致上對圖書出版產業有一全面而清楚的認識，也能藉由不同工作的嘗試來尋得自己的志趣，是相當有收穫的一次實習經驗。

　　學弟妹若有興趣到萬卷樓進行實習，則得先做好心理準備，畢竟業界與學界之間仍存在著莫大的鴻溝，若非作足充分準備則並非一時半刻能夠跨越。由於實習單

位安排了各樣不同部門讓同學多方嘗試，或多或少都能在裡頭找到屬於自己的一塊領域；縱使最終發現自己並不適合，那也都是一樣寶貴而值得珍視的經驗。

藉由這此的實習，相信自己對於圖書出版產業的認識已經比以往來得具體也深刻許多，一本書的誕生畢竟不如我們在書店看到那般簡單，經過校稿、文編、美編、印刷……等多方合作才能夠有所成就。儘管往後未必會朝向這方面努力，對於自己未來的設想總也多了一些看法。總而言之，在萬卷樓實習的這一個月著實使我感到充實而收穫滿載，而這是在課堂當中怎麼樣也無法獲得，無比珍貴的一次經驗。

# 二〇一四
# 萬卷樓暑期實習心得

黃釋瑩

臺灣師範大學國文系

隨著大學生活最後一個暑假的到來，畢業後何去何從的問題也高高的矗立於眼前。眼前的道路已分岐成數條，就職、公職、升學……等，讓人眼花撩亂。周遭的朋友也各有自己的規劃，身旁的親人們也各有強力的主張，在此中不免覺得自己的立場相當薄弱不安定。身處師範大學，卻沒有修習教育學程，固然是有志不在此的想法，但親屬的質疑卻讓人相當焦躁。究竟畢業後，想做什麼，回顧大學三年時光，主要學習本科目，在其他領域就是憑著興趣選擇，接觸日文、法律，但並沒有系

統的輔修、雙主修的學科。課餘時間不少都拿去打工，藉由職場增加的社會經驗，深刻認知到從做中學的重要，藉由實際的操作體驗，而內化成自己的一部分。此外打工生活也讓我體認到一件事，工作到底是要做有興趣的、擅長的。不然工作純粹成了換取金錢的行為，沒有熱情自然難以向上，除非恰好擅長這種工作，否則就只是機械性的執行任務，難以獲得滿足。因而這次看到一直有所憧憬的出版實習機會，便毫不猶豫地報名了。

　　這次參加了萬卷樓所舉行的實習活動，在今年前萬卷樓已舉行過數次的實習營隊。分為兩階段的行程，為三天的專業課程，及四週的實習課程。在此之前對出版業的認識自然是與一般人無異，我想除了偶有親友從事相關工作較能聽到心得外，其他部分仍是一團迷霧籠罩的狀態。在課程中有各位講師對出版業現況的看法、創新的重要、創意的提升、成功經營書籍的經驗，電子書的興起與紙本書的對應、對於印刷過程、書的製作流程

的介紹，以及書籍版型用語的說明、問答。在提問時也汗顏於雖然自認為對出版有興趣，其實基本知識上還有許多不足處，而且這些小提問也讓日後的實習工作能更快進入狀況，不至於一頭霧水。課程最終日，參訪了百通的印刷廠，見識了現在的數位、少量印刷。不同於傳統印象中的大臺機器與廠房，實際上就是由數臺中小型機器，分別印刷、裁切、裝訂而成，其中也有簡單的騎馬釘裝訂，不同紙質、頁數適合不同裝訂，一般多採膠裝，偶爾用前述的騎馬釘，就多是來訂雜誌，適合在頁數較少、紙張較薄的書籍上。課程期間雖不長，但經驗難得，且讓我在實習前不再一無所知。

實習期間將每個同學人盡量輪過編輯、進出口、倉儲、印刷的第一站等不同部門或公司。而畢竟人數眾多，基於人力與空間分配，每個部門多是兩到四人同時進行，且一同實習的對象也變動不大，對於慢熟的人倒是個很大的福音。我們實習的第一站是蘭臺出版社。蘭臺出版

社分有兩個名字，出文科學術專門書籍的蘭臺出版，及涉獵一般書籍的博客思出版。出書的涵蓋範圍廣泛，有散文、小說、民俗、遊記、傳記……等，也不乏學術性的研究著作、論文等。在此主要學習了編輯有關的工作。一個可說是從零開始的羔羊，一開始自然從校稿開始，有校訂保存史料與紙本打字稿是否吻合，隨著數位化，越來越多資料能儲存於雲端、硬碟中，更容易搜尋與分享，空間上也能獲得節約。在面對一堆密密麻麻的鉛字時，馬上獲得了一個建議，使用「尺」。將尺置於正在校對的那行文字下方，能輔助視線集中，不然來回於兩份資料間，一不留神看錯行，而迷失於黑字間，絕不是少見的事。而也是在此迅速獲得了教訓之一，有問題馬上反應。當下的數個小問題，如原稿本身的錯別字、或印刷不清難以辨識的部分，因為出現不止一次，打算最後統整起來問，不太好打斷其他人工作。所以直到當天下班前，才將告一段落的問題反映。問題是當時主要裁決的主編已不在辦公室，所以須等到下次上班才能詢問

如何處理，然後再一一對應修改。這一來往就流失了相當的時間，若能及早反應，之後遇到相同問題便能類推應對，因而從此後基本上就是有問題當下，馬上詢問資深的前輩們，即使對打斷她們還是感到不好意思。之後也進入了電腦上的Word檔校對，基本上就是利用Word來校對是否有錯字，也因有大陸作家的作品，有些須注意簡轉繁的失誤，利用追蹤校訂來知道之前是誰、於何時、改了什麼，更好於單純的標上其他顏色，即使刪除也能看出，能知道是經過修改，而非原稿即沒有。但Word版本似乎不見得每種都有此功能，因而自己是否能順利運用，還有待保留。校了幾天稿後，主編給我們出了個題目，文長三千字，無中生有是困難的，因而上Google搜尋了各方意見、相關故事，寫就了一篇論說氣息濃厚的文章。論說在舉例闡述上，就我來說比抒情更能發揮。主編看後給了我們又一個意見及建議。現在寫的文章太硬梆梆了，一般讀者是看不下去，也不會想買的。想想也是，除了資料參考，不然有人會以讀學術論文為樂嗎？

即使有也是極少數吧。文章對出版業來說是生財工具，自然是希望大家都能讀、都想讀，才有人買書，才會賺錢。並以嚴長壽的《總裁獅子心》作為一個參考範例。只是沒有嚴長壽那樣豐富的經歷，又不致淪於空泛的說教，想來還需要更多的榜樣學習。

在蘭臺待了兩週，第二週學了排版，並有實際試排了書籍，用的當然是還算熟悉的Word中規中矩的排版（另外常用的InDesign則能排出較活潑繽紛的版）。排版的第一道關卡我覺得是版型的設計，甚麼標題用幾級字、字體的選用，久用下來自有一套慣例，學術文章更是有標準格式。因為我接手的是已經做到一半的版型，所以大部分只要沿用設定即可，同時指導我的編輯仍認真解說該如何設定，讓我依舊能清楚流程，並新增、修改了幾個之前有所缺漏或需更正的地方。另一道關卡是書眉。奇偶頁，可以參考手邊同樣左翻或右翻的書，來確定誰左誰右，書眉若有裝飾設計，也須注意擺放位置。若有

分章節的話要注意書眉是否需要跟著再調整位置。第三關就是頁數了。基於含版權頁、封面、空白頁等頁數後須為三十二的倍數，這是印刷機最大利用紙面積的折法，歐規又是另一種。所以必須適當縮排、擴張或順勢加入空白頁來使頁數達到需求。該如何調整的自然不突兀也頗費心思的。在這邊也獲得了教訓之二，排版時須根據、尊重作者的原稿，如果覺得有所疑惑的地方，可排版完再向作者詢問意見及可否更動，是較為妥當且不失禮的。

之後幾天又有嘗試編輯的編輯一本書，基本上要到編輯書至少需要一年以上的培養，所以這只是體驗性的，讓我們知道大概需要做什麼。潤飾修改使原文更加通順合理，修正不妥的地方，調整段落章節讓整體更有系統，下標題使人清晰易懂，一本書的背後可能是許多編輯絞盡腦汁的成果，作者外的幕後功臣。這段在蘭臺實習的日子雖不長，但收穫很豐碩。出版社規模不大，但卻五臟俱全，或者說正因不大，每個人除了專門外，其他領

域通常都要有所涉獵，相對大出版社可能就一直從事專門領域事務。事實上，課程上也有提到，臺灣出版社多為小型的，也不乏一人工作室，大概就是這樣的感覺。

後兩週回萬卷樓，分別於倉儲和出口部實習。倉儲位於山中，才有足夠空間儲存書籍。在倉庫裡爬上爬下的清點書籍雖然單純且頗耗體力，但確認庫存正確對於公司而言是相當重要，影響帳面的事情，雖不起眼但不能大意。期間隨著大哥也造訪了其他出版社、書局的廠區，雖時間短暫，但也對誠品、博客來等的集貨廠房之大、人員之多開了眼界。在出口部時則提升了做箱子、封箱的技術，且刷條碼分類書籍也並不是件無趣的事，跑腿各地拿書時也意外造訪許多隱藏於巷弄大樓的專門書局，探險了平常完全不會注意的地方。

實習的這段時間就如同上班族般過著朝九晚五的作息，周末再打個工，回家就變成一條蟲。深刻體驗到學

生生活的寶貴，尤其是現在時間分配更為自由的大學生活。儘管實習時有累人之處，盯電腦久了會眼睛痠、坐姿不好會腰痛、勞動身體後揮汗如雨，但我知道的是實習工作不時帶來的成就感，看到不錯文章時，校稿也覺得開心。我想工作難免疲累、受挫，但若是不時能從中感到快樂與成就，而不純為了混一口飯，那這份職業是喜歡的可以考慮從事的。這次的實習除了經驗外的收穫，我想這就是一個了。

# 二〇一四年八月
# 萬卷樓實習日誌與心得

王曼殊
臺灣師範大學國文系

實習日誌

## 蘭臺出版社

Day1：8/1（五）

今日是實習報到的第一天，我懷著一顆忐忑不安的心先到萬卷樓出版社報到。隨後，我與同期的羅佳兒學姐來到了我們即將實習的地點——蘭臺出版社。一進門，即可一覽無遺整間出版社；「麻雀雖小，五臟俱全」，社長與全體員工總共五人，但卻各司其職，井井有條。接

著，那邊的員工先教我如何使用排版軟體 InDesign，並讓我嘗試排版一本即將在蘭臺出版的新書——《世界之魂》。操作 InDesign 的過程中，我對該軟體的實用性與貼心度讚賞不已，無怪乎目前百分之八十的出版社都運用此軟體來編書。熟能生巧，我期許自己將日益精進。

Day2：8/4（一）

　　早上，我繼續著《世界之魂》該書的排版。《世界之魂》是一本被喻為覺醒主義的小說，總共十九萬字，然後主編希望頁數要控制在三百多頁，以節省成本。但是，如果頁數被限制在三百頁出頭，那版面將不適合讀者閱讀。後來，我排成三〇九頁（外加一頁的版權頁與二頁的蝴蝶頁），其餘部分則將由蘭臺人員和該書作者接洽。

　　再來，我開始校對《明清科考墨卷集》的頁碼以及缺頁。《明清科考墨卷集》總共四十冊，蒐羅了明清兩代讀書人的科舉試卷；此套書規模龐大，其來歷更是令人

動容。主編者林祖藻幼時承襲庭訓，背負著整理《明清科考墨卷集》此項重責，因而發憤苦讀。歷經文化大革命的浩劫以及多年在圖書館工作後，他終於整理完這一套書。一邊校對頁碼與缺頁，一邊細想此套書背後的故事，我不禁感嘆：文化傳承似乎是知識分子無可避免的責任，也是義務。

Day3：8/5（二）

今天依舊繼續《明清科考墨卷集》的校對頁碼以及缺頁，費時一上午與下午些許時間，我終於校對完滿滿二箱的《明清科考墨卷集》。我接下來的工作是為輕小說——《宅男型不型》該書的二校更正，只是單純上文字的更正與反覆檢查，相較上午的工作較為輕鬆不少。

Day4：8/6（三）

早上我繼續著《宅男型不型》的二校更正，《宅男型不型》是一本偏向大眾口味的輕小說。書中內容主要講

述主人翁如何由宅男搖身一變為型男，通篇文字口語淺白。我覺得該書宛如鬆軟易入口的甜點，可適時調劑身心。下一份工作是替《幸福按個讚》該書潤稿，《幸福按個讚》是一本關於兩性問題讀書籍，首先闡述一個真實故事，最後再由作者講解其中寓意與道理。而我必須將當中口語的文字重新修飾，並將所有第一人稱角度的故事改為第三人稱，然後確定語句之間的通順。

Day5：8/7（四）

　　今日的工作依舊是替《幸福按個讚》該書潤稿。書中的故事幾乎都來自該作者身旁的親朋好友或臉書友人的案例，當中劇情差異不大。

　　下午一點半時，因為中元節將近的緣故，社長帶領我們一行人到二二八公園附近的土地公廟拜拜。約莫四點時，佳兒學姊剛好完成她手頭負責的那份稿件，於是就和我對分《幸福按個讚》剩下的稿件。

Day6：8/8（五）

　　我仍舊繼續著《幸福按個讚》的潤稿，逐一修改著每個故事，不知不覺也進行了將近三分之二的部分，內心感到一絲成就感。下午又隨著社長與員工們一同到土地公廟中元普渡拜拜，只見廟中煙霧繚繞，供品滿桌。聽著法師誦經聲源源不斷，不禁想著：競爭市場上，十年河東，十年河西。而哪一行業又能長久地傲視群雄呢？祭拜完十一位神明後，社長要我們在附近停留一小時，晚點將供品拿回出版社。於是，我們一行人就隨意在二二八紀念公園談天說地直到一小時過去。


Day7：8/11（一）

　　接續著上星期《幸福按個讚》的潤稿，早上已經將我負責那部分的稿件潤飾完畢。

　　於是，我開始檢查小細節與錯字，稍稍加以修改。下午則回學校參與詩詞吟唱系隊的彩排。

Day8：8/12（二）

　　早上和學校詩詞吟唱系隊一起到臺北孔廟表演。下午返回蘭臺出版社實習，花費約莫一小時半的時間將《幸福按個讚》的稿件全部合併和確認。心中不無喜悅之感，並暗中告誡自己以後所有的作品絕對不要假手他人之筆。接下來，我的工作為校稿一篇論文〈今文尚書周書異文研究及彙編〉，這是一位大陸學者的博士論文。一開始，我用 PDF 檔來做修改，可是由於該檔案容量過大導致有些內容在轉檔中遺失。最後，主編決定給我 Word 檔來校訂。不過，該篇論文的圖檔過多，所以我當在 Word 檔上修改，時不時該檔案就會因為不堪負荷龐大容量而要求關閉。


Day9：8/13（三）

　　今日工作仍然是持續校稿〈今文尚書周書異文研究及彙編〉，發覺大陸學者和臺灣學者在標點符號上的使用有些差異。比方說：臺灣學界論文名稱應用單名號，書

籍名稱應用雙名號。但大陸在使用上統一為雙名號，並無分別。

Day10：8/14（四）

今日反覆檢視〈今文尚書周書異文研究及彙編〉，偶爾依舊會發現一些小錯誤。在下班之前我終於校稿完此篇論文，內心感到一股喜悅之情。由於今天是在蘭臺出版社實習的最後一天，蘭臺的同仁們特別讓我們挑選書籍，以資感謝。自己從書堆中選擇了四本書，我挑走了雷家驥的《孔雀東南飛箋證》、羅獨修的《中國上古文獻學》以及錢穆的《中國思想史》、《經學大要》。回想這幾日的實習時光，覺得十分充實，然而也異常勞心。我想，會投身出版業的人，或多或少都受到文化傳承使命的感召吧！

## 倉儲部

Day11：8/15（五）

早上八點十五在鶯歌火車站集合，搭著倉儲部大哥的車來到萬卷樓位於三峽的倉庫。今日任務是：盤點庫存，其實就是刷條碼。我覺得非常有趣，而且盤點對錯時還會有音效提醒你是否盤點成功，增添不少笑聲。此外，看著一疊一疊的書箱逐漸清點完，滿足感就會不自覺地浮現。到了下午三點半時，大哥要送書和椅子回萬卷樓出版社，我們也就一同前往，也完成倉儲部的第一日體驗。

Day12：8/17（一）

　　早上大哥帶我們一行人到倉庫二樓搬書、裝箱、盤點。大哥還特別教導我們搬書的技巧：千萬不要動用到腰部力量，會導致長期慢性傷害；應該使用腳步與腹部力量才能長久搬書。另外，倉庫二樓的悶熱讓我們揮汗如雨，深深感知到：職場工作實非易事。今天的任務依舊為盤點大陸書籍；我們一邊刷條碼，一邊留心翻撿著中意的大陸書籍。

Day13：8/18（二）

　　早上分派的工作是將大陸書籍分類編目，大哥教導我們運用圖書分類編碼來分類每本書籍。下午的工作則是將書刷條碼、裝箱，四人分工合作的速度實在不容小覷。往往一到搬箱回辦公處刷條碼時，我都暗自扼腕自己的力氣太小，因為一箱書大約二十多公斤。盤點著大陸書目，我發覺對岸的紙質和臺灣相距一截，而且排版上略偏擁擠。不過，綜觀大陸急起直追的經濟發展，或許在未來不遠處，對岸的出版業也將迎頭趕上，同臺灣出版業並駕齊驅。


Day14：8/19（三）

　　早上我們三人在倉庫二樓繼續將大陸書籍裝箱。下午先到花木蘭出版社拿書，再到萬卷樓出版社拿書，依序送書到學生書局、立法院、中研院。送書到立法院、中研院的經驗，讓我大開眼界。立法院買了好幾箱新書，全部都是兩岸和財政方面相關的書本，期望這些為民喉

舌的代表們能善盡義務和責任。而中研院之佔地遼闊、
藍天綠地，也令我印象深刻，心馳神往。

Day15：8/20（四）

　　今日早上，瑾瑋老師攜家帶眷來探望我們在倉儲部
的最後一日，嘉彤、佳兒學姊與我的任務仍舊是盤點書
籍、裝箱。不過，在三人分工合作下，我們分箱裝書速
度異常迅速，真是「三人同心，其利斷金」。

## 進口部

Day16：8/21（五）

　　換到最後一個實習單位──進口部，所在地方是萬
卷樓圖書總公司六樓裡一處寧靜的小區塊。早上的工作
為將進口書籍分類編目。工作人員要我們運用「中國圖
書分類法」來編目，當中的許多書本名稱往往與內容大
相徑庭，還需再三確認。下午則幫忙清點庫存與排書，
同倉儲部相比，消耗的體力較低，但工作所需的仔細度
卻相對提高。

Day17：8/25（一）

　　今日被分派到的工作為清點庫存與排書。工作人員教導我們如何使用清點庫存系統後就讓我們自行嘗試。下午則是清除櫃號，同樣也是操作萬卷樓公司的系統來消除。


Day18：8/26（二）

　　今天一整天都在清除櫃號，發覺萬卷樓出版社「小雖小，卻小而美」。各式各樣文史哲專門著作一應俱全，令人感佩其出版社同仁的文化傳承精神。


Day19：8/27（三）

　　早上三人持續清除櫃號，終於趕在下午四點之前完成，成就感十足。接下來，我們再度開始將進口簡體書分類編目的工作。

Day20：8/28（四）

今天是實習的最後一日，不禁驚詫時間之飛逝。工作仍舊是分類編目，一邊安靜地坐著自己分內的事務，一邊回想著這四個星期來實習的點點滴滴。我想，實習期間的所見所聞必定化為我未來求職的養分。

## 總結　實習心得

### 蘭臺出版社

蘭臺出版社的上班時間為早上八點半到傍晚六點，儘管上班時數較長，卻有下午點心時間能稍稍喘息。而工作環境是一人一臺電腦和一張辦公桌，該公司同事間洋溢著友好輕鬆又不失禮貌的互動關係。這是我首次體驗辦公室職場情境，感覺新鮮。

### 倉儲部

同三個實習單位相比，倉儲部上班時間較為彈性。但是，該部門交通位置偏遠，也最需要勞力的付出，卻

較無時間或業務上的壓力。

## 進口部

　　進口部上班時間為早上九點到傍晚六點，如同一般上班族。該部門的環境氛圍十分安靜，因為工作內容偏重重複性，而且一人之力就可完成。


　　我覺得這次到萬卷樓實習是大學生活中難能可貴的經驗，一方面讓我得以探索自己的志向，一方面讓我提早體驗職場生活。我一直對出版事業懷抱著無盡憧憬，只要想到在書堆裡埋首工作便感到無比幸福。藉由此次機會，我方了解：現實遠比憧憬來得震撼。職場與校園完全是截然不同的環境，能力和態度決定你往後的生涯發展。無論如何，我認為最大的收穫在於：擇你所愛，愛你所擇；因為任何一份職業以及工作環境都可能成為你一輩子的棲身之所。經歷這次出版社實習，我期許自己以後的職業就是我的志業！

# 成長與收穫

宮仲妘

臺灣師範大學國文系

在 2014/08/01～軌道上的旅行，勢必有個終
點……

　　在這次的實習當中，我必須說：「認識人們，是我最
大的資產。」前前後後，加加減減，其實只有二十天是
完整的工作日，你說要在二十天之內學會一項產業，從
生產、製造、加工、成品，實在有其困難性，更遑論我
們是五天為一單位在輪替部門，學會產業鏈中每項技能
根本天方夜譚，但這就是我的故事。

原先對出版產業毫無概念的我，從零開始，每一個進程對我來說都是收穫，或許由零出發，因此每一小步的踏出，即使只有一分，那也是我的成長。在實習的過程，重要的我想不是你做了多少，而是你從中獲取了怎樣的概念與經驗值，實習就是希望在短期中讓人累積經驗，以面對未來，有更齊備的經驗來克服，因此想從中得到多少，不全然是對方給予，而是自己願意吸收多少就去發掘多少。

　　在這次的實習中，我認識很多長輩，很多同輩，從他們身上我所學習到的遠遠超出我所預期。陳滿銘老師，身為章法學會的重要人物，也是師大的學長，是老師們的老師，有多的話題都打轉在「師大」，他也勉勵我，用心，別擔心得太遠，自然能在自己的領域上展翅，別太早下定論。在陳老師的眼中，我能看到師大輝煌的那一代，如今的我們是否能再次讓他們感到驕傲，我不禁如此忖度著。

梁經理，那日找我深談，我才體認到，我對行銷與藝術這塊領域有極高的熱忱，但我一直搖擺不定，經過和梁先生的談話後，我才理解可以努力的方向。和大中經理也有聊過關於未來安排和計畫，很多時候當你面臨到未知會感到恐懼、退縮，進而懷疑自己的能耐是否足以面對世界，大中經理以四字勉勵我「功不唐捐」。起初我只懂字面意思，經過一個月的實習與這麼多可以稱作在該領域的能人相處後，我慢慢能理解何謂功不唐捐，你的每個積累在現下不會看見但不代表在未來不會看見，只有當你需要時，才方覺過去的累積於今體現，而這一切無法一蹴可幾，沒辦法在你忽然需要的時候馬上學會一種技能。

關於犯錯。以前的我從來沒犯過錯，有，也都僅是些枝微末節的小事，而這次實習，我開始認真思考關於犯錯這件事。從小我的父母親對我們的教育下了很多的心力，因此，我們幾乎沒有太大的差池，犯錯也不曾離

譜，然而我們始終不曾真的跌倒受傷過，這次，經過商業文化的洗禮，我渴望犯錯，應該說期待自己能夠飛得更高，而不是固守本分，想要縱身一躍，看看自己到底能有多少能力與經驗足以面對挑戰，如果我現在不嘗試，進入社會我更沒有犯錯的空間。因為有實習的經驗讓我領會到跌倒與挫折的重要性，很幸運的，在九月十一號要飛去上海，開始我的第一次外宿生活，便能開始測驗自己。

「人，是我一路上見過最美的風景。」一直都覺得自己是幸運的，我的家庭給予支持與培養我的特質讓我一路上都遇到美好的人，在工作中絕對沒有天天都是愉悅的這種事情，一定會有壓力、勢必有所謂的挫折，甚是一成不變的步調，然而我總是能從一成不變中找到樂趣，我想我將此歸功於我的父母，他們所賦予我的特質，在無趣的工作環境中，因為開心的氛圍，而吸引到開心的人們，一種正向循環的概念，同儕間或許也不能理解

我的快樂從何而來，但我想說，有很多是不要一味的要求對方自發性地給予，而是要憑藉自己去尋找、去轉向思考，這是我在這次實習中學到最重要的事。

我相當感謝，因為實習能認識一群帶著我向上的人，看見這群人，你會暗暗期許自己要變得更好，不論是他們自身特質所帶給你的啟發，抑或和你聊天時的某一句話，這都使我期許自己往更高的層次尋求。

# 照 片 集

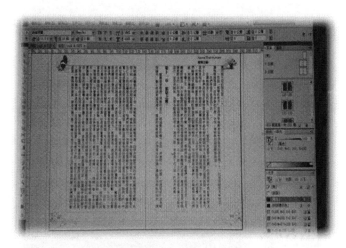

正在運用 InDesign 軟體來幫《世界之魂》排版。（王曼殊提供）

我在蘭臺出版社的一方小天地。（王曼殊提供）

正在幫倉儲部盤點中。（王曼殊提供）

使用倉儲部的油壓車運書中。（王曼殊提供）

九樓編輯部一隅，圖片之外，
實習生和校對人員分別在兩側
工作。（曾筱婷提供）

編輯部實習場域
（曾筱婷提供）

倉儲部內部環境
（曾筱婷提供）

刷書小角落，基本配備
是筆電、板凳、手套、
條碼槍，以及電風扇
（曾筱婷提供）

實習生合影（曾筱婷提供）
（編按：左起曾筱婷、
羅慧玲、陳珮筑）

全體於百通科技一樓大廳
合照（曾筱婷提供）

文化生活叢書・藝文采風　1306012

# 萬卷高樓平地起——我們在出版社實習的日子

| | | |
|---|---|---|
| 策　　畫 | 梁錦興、彭秀惠 | |
| 主　　編 | 游依玲 | |
| 執行編輯 | 王冠懿、陳珮筑 | |
| 發 行 人 | 陳滿銘 | |
| 總 經 理 | 梁錦興 | |
| 總 編 輯 | 陳滿銘 | |
| 副總編輯 | 張晏瑞 | |
| 編 輯 所 | 萬卷樓圖書(股)公司 | |
| 印　　刷 | 百通科技(股)公司 | |
| 封面設計 | 百通科技(股)公司 | |

發　　行　萬卷樓圖書(股)公司
臺北市羅斯福路二段 41 號 6 樓之 3
電話　(02)23216565
傳真　(02)23218698
電郵　SERVICE@WANJUAN.COM.TW
大陸經銷
廈門外圖臺灣書店有限公司
電郵　JKB188@188.COM

ISBN　　978-957-739-923-6
2015 年 05 月初版
定價：新臺幣 220 元

如何購買本書：
1. 劃撥購書，請透過以下帳號
　 帳號：15624015
　 戶名：萬卷樓圖書股份有限公司
2. 轉帳購書，請透過以下帳戶
　 合作金庫銀行　古亭分行
　 戶名：萬卷樓圖書股份有限公司
　 帳號：0877717092596
3. 網路購書，請透過萬卷樓網站
　 網址 WWW.WANJUAN.COM.TW
大量購書，請直接聯繫，將有專人
為您服務。(02)23216565 分機 10

如有缺頁、破損或裝訂錯誤，請寄
回更換

國家圖書館出版品預行編目資料

萬卷高樓平地起：我們在出版社實
習的日子 /梁錦興、彭秀惠策畫.-- 初
版.-- 臺北市：萬卷樓, 2015.05
　 面；　公分
ISBN 978-957-739-923-6(平裝)
855　　　　　　　　　　104001841